KB152052

신몽유도원도

신몽유도원도

심종록 시집

도서출판 한결

‖ 自序 ‖

세 번째 시집을 묶는다.

생존환경이 척박해지면 식물들은
죽어라 꽃 피우고 열매를 맺는다는데
그런 심사만 같다.

철도 아닌데
마구 꽃망울 터뜨리는 조급한 것들이여
세상을 지탱하는 선한 것들이여

잔 들어 건배!
겨울 지나 새봄이 올 때까지

2020 가을 심종록

차례

제2부

제3부

제 1부

사랑 노래
– 홍시

온기 가진 것들이 떠나온 곳으로 돌아가려고 부산스러운 세상
기별 없는 날들 견디던 마음 흙벽으로 주저앉습니다

잊힌 걸까요.

기우는 햇발 동쪽으로 긴 그림자 끌며 설핏해지는데
황혼으로 쌓이는 소실점 앞에 선 사람이라서, 차마 사람이어서 세상을 지워버리지 못합니다

언젠가는 만나게 되겠노라는 맹신 밀물로 차오르는 밤
나무는 폐부 깊숙이 숨겨 두웠던 심지를 돋우고 그리움의 스위치를 올립니다

곧 다녀가시겠지요 기별이라도 주시겠지요

단념하지 못하는 마음 고봉으로 붉어지는 아침입니다

황혼 속으로 걸어 들어가는 사람

생각해 본 적 있습니까 자살?

매일 생각해요

그 중에서도 산 채로 타버릴 수 있다면 얼마나 매혹적일까 불티로 사라지는 존재처럼

수십 년 동안 그대 얼굴 그렸다 지우고 또 그렸다 지우다가

흐린 지평선 쓸쓸해지는 날, 캔 맥주 햄버거 검정 봉다리에 넣고

스데롯 시네마[1] 소풍가는 사람들 거슬러 자살특공대 피자가게[2]에 간다

도시는 일거리를 구하지 못한 젊은이들과

가족을 거느린 홈리스, 늙은 보수주의자들의 일당벌이 데모행렬

공원 옆엔 관공서가 있고 신장개업 술집이 들어서고 스트립클럽과 호스트빠가 달콤한 환상을 팔지만

아메리칸 엑스프레스 카드를 사용하는 당신과 조우할 자괴감 따위는 없지 당신은 벌써

인체냉동보존기의 엑셀을 밟으며 백년 후의 세상을 선점했으니

여기는 리투아니아 한국 슬로베니아 헝가리 일본[3]에서

쓸쓸하고 외로웠던 시간을 위무받기 위해 건너오는 자들의 안식처

달콤한 천국을 자폭테러로 구매한 무자헤딘도 보인다

오븐렌지의 타임스위치를 조절하는 매니저는 마샬 애플화이트를 닮았다

화염으로 불꽃놀이 하는 도시의 언덕에서 하이파이브 하는 자들과

죽고 나면 아무것도 남지 않는 유물론자들과

사철 푸르른 황금 정원이 자신들의 몫인 篤信者들이

점령한 모퉁이를 피해 돌다가 문득, 기울어진다

지독히도 검붉어지는 황혼 속으로 마음 먼저

1) Sderot Cinema 팔레스타인 가자지구에서 벌어진 폭격을 이스라엘 사람들이 스데롯 언덕에서 밤새워 술을 마시며 영화처럼 관람했다는 데서 붙여진 이름.

2) 이스라엘 작가 에트가드 케레트가 글을 쓰고 아사프 하누카가 그림을 그린 그래픽노블. 죽음이후의 세계에 관한 이야기다.

3) 순서대로 자살인구수가 많은 나라들

카타콤

마지막 연기 흩어졌다
이제 너는 어디에도 존재하지 않는다
세상은 낯술 환영 간판이 걸린 카타콤
이별도 익숙해지면 마냥 쓸쓸한 건 아니다
지나쳐왔던 생을 잠시 돌아본다
치정의 노른자위가 생일지도 모른다는 생각
황사가 스산하게 오후를 가린다

한 때 규사를 향해 전력 질주하여
점화되는 성냥불 같았던 섹스
새벽 한 시를 흔들고 지나가던 격정
휘몰아치던 울음 그리고
관자놀이에 박힌 금속파편 같았던 석양
그 모든 선율의 근원인 너를 지우고
카타콤으로 들어선다

담장 너머로 느리게 목련꽃 피는

신몽유도원도

강 건너 언덕에도 피자가게가 있다면 취직해서
피자를 구으리라 피자가게는
하릴없는 날갯짓의 천사와 눈빛이
살아있는 약쟁이들이 바삐 오가는
위험한 뒷골목이어도 좋아라
당신의 눈빛에 따라 토핑한 피자도우
가스오븐에 넣고 익기를 기다리리라
치정의 인질극을 즐기리라 변심한 애인의 목에
칼을 대고 테이블을 부수고 유리창을 깨고
고래고래 쉰내가 나도록 절규하는 당신
쓸쓸하고 황폐한 사월의 치정을 지켜보리라

좀 더 잘 보이라고 일제히 등을 내거는 꽃나무들

내장산

밤새워 쓴 안부 부칠 곳 없는 아침 단풍나무 우듬지만 붉어졌다
별들이 흘린 생애가 가파르게 흐르다 얼어붙는 데크길
모주 한 잔에 속 풀린 술꾼마냥 햇살 든 자리 모락모락 입김이 솟고
정처의 방향을 따라 피고 지는 송엽국 붉다

그래도 그늘은 두터워 햇살 미치지 않는 부근엔
무심을 가장한 서리, 그리고 생은 홀가분하게 끝나는 것이 아니라서
윤슬 반짝일 때마다 무거워서 휘어져버리는 물길따라
월세 밀렸다고 득달같이 달려와 재촉하는 건물관리인 같은 가을

도대체 타들어가는 속을 보여 줄 방식이 없는

가을 스위치

– 김서희 화가

화가의 방에는 천 개의 계절이 숨어 있습니다
천 개의 계절은 개켜놓은 먹빛으로 완강합니다
숙제 못 한 아이의 검정 도화지 같은
먹빛 속에서 당신을 끄집어낼 수만 있다면
남은 생은 덤이다 싶었던 때가 있었습니다
벽만 더듬다가 키워버린 허무 넝쿨의 무성한 서식지 어디쯤에서
보랏빛 붉은빛 사무친 것들의 근황 살피다보면
한 번은 강물의 위태로운 곳에 몸을 맡길 수밖에 없는 세상의 모든 아침[1)]
무감한 화폭이 툭, 붉어집니다
누군가 가을의 스위치를 올린 게지요

---

1) 알랭 코르노 감독의 영화

모퉁이

햇빛 고여 있던 빈 의자 앞에서 시를 쓰고 모래바람 일어나는 폐허의 골목길 밤하늘 아래서도 행복했던 이유는 귓전에 맴도는 노래 때문이었지 당신이 들려주어 알게 된 노래는 아름다웠어. 그 곡조와 가사를 완벽히 익히려 얼마나 애썼던지 얼었다 녹은 봄눈처럼 당신은 없고 혼자 남은 사람이 쓸쓸한 노래 허밍하며 굽어진 모퉁이를 돌아간다.

그날

– 조재환에게

그날, 잠든 당신을 조용히 깨워 세상 안으로 잠입했지. 밤새 폭설의 난산을 돕느라 강의 수심은 美醜듯 깊고 우리는 오래 헤맸지 앞이 보이지 않는 사람처럼. 눈앞의 모든 길들을 지우던 은막의 적멸들. 此岸은 단색만으로도 황홀했어. 화인처럼 달아오른 무쇠난로 옆에서 당신과 나의 국적은 소리 없이 휘발되고 오오 그날, 폭설에 기어이 망명하길 원했던 봄내의 디아스포라.

뱀

꽃이 피자
마침내 속삭였다 뱀은

저 꽃을 욕망해

홀로 피는 꽃은 플랑크 타임으로 흔들렸고 해쓱해진 뱀은 어둠 속에서 피에 굶주린 하이에나처럼 순결했으므로

그것은 세상의 참으로 선한 광경이라서

뱀은 낮은 포복으로 담을 넘고, 꽃은 고요 속으로 몸을 던진다

잠시 외면했던가 그것 밖에는 딱히 무엇도 필요치 않은 세상

허물을 벗지 못한 뱀은 오래토록 봄을 앓는다

집 한 채

– 어므니

뭉그러진 흙벽 드러나는 살, 깨진 슬레이트로 치부를 가린 집은 그래도 따스했지. 시커먼 석탄열차 요란스럽게 강을 흔들고 싸락비 얼어붙는 날이면 부뚜막에도 군불이 들었지. 강냉이 놓인 개다리소반이 낮은 문지방을 넘어오던 날, 알전구 빛 창백한 심연을 뒤척이던 소년은 독약처럼 일어나 문밖을 나섰네. 아리 아리 아라리 홀로 남은 어므니 속 파 먹힌 우렁 껍질로 남은 집 한 채

제비꽃

젖빛광 햇살 속을 사지 뒤틀린 어이가 걸어오고 있었어요 온몸을 흔들며 바람의 아릿한 영역을 벗어나 아침가리 속으로 들어서던 아이가 갑자기 허물어졌어요 녹는 눈처럼 땅 속으로 꺼졌어요 놀라 뛰어갔더니 아이는 오간데 없고 깨진 보도블록 틈새 보랏빛 제비꽃 스산한 바람에 몸을 흔드는

나비

나비에게 유혹당했다 다이아몬드에 혈안이 된
킴벌라이트 광산의 불법 채굴자처럼 나비 목에 밧줄을 걸고
총을 쏘고 불에 태우고 끓는 물에 데치는데
감쪽같이 나비가 사라졌다 심야에
젖빛광 눈이 어둠 속에서 반짝이고
모차르트 피아노소나타 D장조 K448 2악장 안단테로 봄은 오고 있었다
안개 속에서 나타났다 나비는
사소한 말다툼 끝에 꺾이는 무릎처럼 나타난 나비는 내 정수리를 핥으며
나를 부르고 있었다 나비 보러 오지 않으련 나비 보러 오지 않으련
여인의 향취에 취한 나비 씨[1]처럼 나비를 쫒다가 나는
나를 잃었다 어디에도 보이지 않았다 봄이었다

---

1) 데이비드 황 『M.Butterfly』

봄눈
– 말에 대하여

말이 사라졌다
말 찾아 헤매다가 창밖 어둠에 머리를 기대고 깜빡 잠들었다
화들짝 놀라 깨어보니 내릴 곳 지나쳐버렸다
내렸어야 할 그곳에 분명 말이 있었을 텐데
가로등은 한껏 팔을 벌려 때 늦은 도착을 반겼지만
이미 늦었다 말은 어디에도 없었다
어디로 가야 하나 두리번거리다 인적 끊긴 도로에 주저앉는 순간
끊임없이 미끄러지고 배반당하고 와전되는 말이 기민하게 어둠의 모퉁이를 돌아서고 있었다
허둥지둥 뒤쫓다 아연실색했다
내가 놓친 말이 흙구덩이 파헤쳐진 곳에 누워 태초의 하늘, 저 시꺼먼 흑암을 올려다보고 있었다
차갑고 흰 아릿한 것들이 흑암 속에서 고통스럽게 빠져나오고 있었다
잡았다 싶은 순간 녹으며 오래 흐느낄 뿐이었다

제 2부

천사들

배꼽티
핫팬츠
한 번이라도 더 주목받기 위해
과감히
더 과감히 벗는
천사들

불멸의 샘에서 씻고 나와
동정을 회복하고는
호호 깔깔 신변락도身邊樂道를 즐기는
발랑 까진 천사들

낙원동엔 무료하게 이어지는 급식 행렬

낙원동

1.
꽃들을 밟으며 노병들이 행진한다 꽃들의
시체를 태우며 북이 울린다 둥둥둥 폭풍이
몰려온다 신나는 구경거리
낙원동에서는 죽음도 즐거운 이벤트 환하도록
찰나를 소비하는 일이라서 누구도 침을 뱉지 않는다.

2.
승리 승리 기필코 우리 승리하리라 우비를 뒤집어
쓴 역전의 노병들
행진한다 쏟아지는 홈통 속 빗물 역류하는
차도를 저벅저벅 밟으며 낙원이여 만세! 美國이
여 만만세!
태극기 성조기 찢어버릴 듯 휘몰아치는 폭우 속에서
미사일이 화염을 토해내며 날아간다
새 감람 잎 입에 문 비둘기처럼

3.

종탑은 기대에 차 있다
음경확대수술 받기 위해 수술대에 누운 하느님처럼
무거운 짐 지고 저 종루 오른 적 있다
구멍 뚫린 아나방을 위태롭게 밟으며 하늘 길을
올라갔다
누가 뜨거운 욕망의 감각에 저항할 수 있으랴
종탑은 빳빳하게 세운 남근을 새롭게 드러낼 것이다
발기한 십자가를 숭배하기 위해 고분군투할 사람들
이를 악물기도 전에 사정해버리듯 아침이 오고
폭우 쏟아진다 나는 불발 미사일처럼 주저앉아 가
림막에
가려진 종탑을 바라본다 시간을 통음한다 낙원동의
시간은 하수분 비우고 비워도 대책 없이 흘러 넘
친다
실로암 물빛으로 아릿하게 휘돌아가는 낙원동

녹천에는 똥이 많아

오늘 한가하시냐고 소주 한 잔 하시자고 문자 넣었더니 냉큼 그녀 소식부터 물어 오신다. 며칠 전 함께 있다며 손사래 치는 사진 한 장 페이스북에 올렸는데

오늘도 같이 만나는 줄 알고 덧붙이기를

총각이라 거짓말까지 하라며 당신에게도 소개시켜 달라는 것이다 한 턱 쏘겠다며

어쨌든 세상의 모든 주인공들은

선남선녀

선남 둘과 선녀 하나랑 녹천역 포장마차에서

소주에 오뎅 국물 마시다가 오줌 마려

화장실 어디냐 물으니 엘리베이터 타고 올라가란다

아무리 찾아도 없다

내려와 다시 물으니 아무데서나 싸란다

무주공산 휘영청 가로등 후광처럼 떠 있는 전봇대 아래서
힘주고
일 보는데

성 가족인 듯한 일행이
유모차를 밀고 지나가며 한마디 던진다

녹천에는 똥이 많아

확!

1. 요괴

어릴 적
배 깔고 엎드려 읽은 만화 중에
요괴인간이 있었지
인간이 되고팠던 간절함 때문에
위험에 빠진 인간 편에서 싸우다가 외려
인간들에 의해 몰살당한
벰
베라
베로

2. 인간

그는 이골 난 싸움꾼에다가 식탐 또한 유별나서
양의 멱을 따 피를 마시고 살을 태워 연기를 흠향

했다
햇살이 좋은 날 또 육허기가 들어서는
들판을 배회하다가 정체를 알 수 없는 엘프와 야합하여
아들을 보고는 떠돌이 생활을 청산했는데
그로부터 단풍잎돼지풀 뻗어나가듯 생존투쟁이 일어나
동생은 돌에 맞아 죽고 형은 상속분을 빼앗기고
지아비는 술에 취하고 지어미는 아랫것과 붙어먹고
선량한 군주는 인종청소를 감행하고 신의 정의를 실행하는 자들이
강기슭 언덕의 무고한 인민을 학살하자 분연히
의에 굶주린 한 사람 있어 분연히 떨치고 일어나
청토지請討之! 청토지![1)]
그러나 하늘과 땅은 어질지 않아서 태풍에 휘날리고 폭설에 붕괴되어도
번성하고 또 번성한 요괴보다 못한 단풍잎돼지풀

같은 인간들이
　성전에 모여

　기업형 성전의 대물림이 아니라 고난의 십자가를 세습시키기 위해
　고통과 저주를 가져다주는 마귀의 역사를 두고 볼 수는 없다 악질 마귀가 우리를 완전히 짓밟고 죽이기 위해 준동하고 있다 복수는 하지 않겠지만 자자손손 그들을 잊으면 안 된다[2)]
　성전포고한다

　불 싸지르고 싶다 확!

---

1) 論語 .憲問 22
2) koreadaily.com2018/09/17 장열.이지영 기자

눈부신 공복
— 용문사 은행나무

덜컹거리는 시외버스 내려 또 먼지 풀풀 날리는 울퉁불퉁한 신작로 걸어 용문사 찾아갔지 사랑의 모든 폭력과 비애 세상에 차고 넘치는데, 흔하디흔한 애인들 싱싱한 부귀영화 산문 밖에 다 있는데 거기서 뭘 더 찾겠다고?

하여간 뭘 잃어버렸는지도 모르고

등용문 학원에서 검정고시 패스하고 처음 찾아갔던 용문사

천동여정[1)]의 시를 읽다가

한 세상 땡그랑 땡그랑 소리쳐보는 것도 괜찮겠다 싶어 또 들어서다가

금강야차에게 몽둥이찜질 당하고 산문 밖으로 내쳐졌던 용문사

그날 끙끙 앓으며 꿈꾸었지

꼬리 긴 뱀 하나 거칠 것 없다는 듯 터져 벌어진 늑골 사이로 파고들던 꿈을

그 날 야기 가득한 들판엔 밤새 별들이 내려앉아

무서리로 반짝이고

끓는 아랫목에서는 몸 달아오른 사람의 거친 숨소리에 선잠 깬 은행잎들 노랗게 또 노랗게 흩어져 쌓이고

살얼음 아침

물고기 한 마리 하늘 깨트리는 소리에 해우소 나오다 고개 들면 거기

한 그루 거대한

눈부신 공복

---

1) 송대 조동종의 선사.

풍경

종말을 향해 치달리는 피스톤
부풀어 오르는 초록의 무성한 나무들
달아오른 대낮

신호등이 바뀌자
편측마비의 몸이 꿈틀,
한쪽 다리를 끌면서
달궈진 검은 사막을 건너간다
한 눈 팔 새도 없이
기도 할 겨를도 없이 땀을 쏟으며

오픈카가 쌍욕을 내뱉으며 지나간다

찌그러진 몸 위로
내리쬐는 땡볕
헐떡이는 조각구름
가시투성이 장미 덤불 속으로 손을 넣고

중력붕괴를 시작하는 별처럼 신호등이

끔뻑
끔뻑

폐차장이 보이는 성 나자로 요양병원

1

바디

뜨겁던 피를 식히던 라디에이터

오르가즘의 임계점에서 달라붙은 실린더와 피스톤

노을 지는 바닷가에서 멈춰버린 엔진

보행과 차단기를 짜증내던 광폭 또는 광란의 휠

중후하도록 낡았거나

험하게 들이받힌 탓에 흉터를 얻은 것들을 싣고

기적을

울리던 열차도 전생에는

건널목 땡땡 종이었을 것이다

과꽃 흔들리던 신작로 가을 햇살 튕겨내며 헛돌던

자전거 바큇살이었을 것이다

함박눈과 폭우를 고스란히 견디던 침목

폐쇄된 철길로 더는 달릴 수 없는 화물열차 같은

성 나자로 요양병원

2

개불알풀꽃들
눈치껏 무단 횡단하더니 오늘은
개나리가 활짝이다
폐 선로 굽어 도는 노란 덤불 아래 신발 한 짝
누군가의 내력인 듯 엎어져 있다
하늘엔 저승으로 통하는 태양구멍

문이 열리고
무릎담요를 덮은 나자로가 휠체어에 실려 나오다
주름진 얼굴을 찡그리며 눈을 가린다
소갈머리 없이 개나리꽃만 유쾌한
성 나자로 요양병원

손

손목을 더듬는 손
블라우스 단추를 끄르는 손
등을 쓰다듬는 손
담뱃불을 붙이는 손
빨갛게 담뱃불을 돋우는 손
담뱃불을 갖다 대는 손
쑥 향이 번진다
전화벨이 울린다
수화기를 드는 손
자신을 몹시 그리워해주는지 볼 수 있을 정도로만 살아 있도록 허락받은 죽은 사람이[1]
사실을 확인하지도 못하고 사라지듯
전화벨은 침묵한다
잿빛 먼지를 남기는 쑥뜸
손은 고개를 돌린다 지금은
황혼 빛 심연의 모퉁이를 돌아 나히드[2]가 나타날 시간

머뭇거리다 일을 그르칠 수도 있으니 오늘은 아무리 비싼 값을 치르더라도

해치우리라 두려우면서도 경건한 마음으로

손은 조급해진다

카드를 건넨다

화장실 손잡이를 돌리고 오줌을 눈다

수도꼭지를 잠그고 계단을 올라간다

거치대를 세우고 총구를 겨눈다

공이를 당긴다

세상의 모든 은총이 범람하는 스카이라인 아래 나타나는

오직 하나의 결핍

손은 방아쇠를 당긴다

한 발의 비극이 순결하게 밤하늘을 흘러간다

---

1) 로버트 프로스트 「교양 있는 농부와 행성 금성」

2) '아나히타', '사라스바티' 라고도 한다. 물과 번영의 여신.

삭풍

노스페이스 매장과

커피빈 사이

내린 눈 반짝이는

조명 길

영하 11도의

어둠

헐벗은 은행나무

흔드는 밤

손가락 곱은

어머니 대신

폐지 쌓인

유모차

밀고 가는

삭풍

불사신

– 몽양 여운형 선생을 기리며

사과 꽃이 피고
웡웡거리며 꿀벌이 날아다니고
사과 열매가 태양빛에 익어가던
1947년 7월 19일
탕 탕
태양은 총에 맞았지
백주의 대낮
백색의 테러에
태양은 쓰러졌지
고깃덩이에 굶주린
고깃덩이를 집어삼킨
샤미센 가락에 취하고
게이샤 게다짝 소리에 웃고 울고
지축을 울리는 파시스트들의 군홧발 소리에 열광하던
썩어가는 고깃덩이에 열광하던 비계 덩어리의 테러에

탕 탕

태양은 창백하게 졌지

웃으며 졌지

승리하며 졌지

지금은 2019년 5월

다시 사과 꽃이 피고 장미꽃이 피고

꿀벌이 윙윙거리며 날아다니고

어린 새들이 나무에서 힘차게 지저귀네

태양 때문이야

쓰러졌다가 다시 일어서는

태양 때문이야

태양은 결코 죽는 법이 없거든

불사신이거든

아침노을

그제는 축하 자리에 다녀왔고
어제는 지인의 상가에 들렀다
날 받아놓고 부정 탈지도 모른다며 말렸지만 듣지 않았다
집에 온 아이와 저녁을 먹고 와선에 들었다
흔들어 깨어보니 돌아가다가 차가 퍼졌다고
날 받아놓고 다리 다치더니 이번엔 엔진이 터져버렸다고
당신 때문에 부정 탄 거 아니냐며 남의 속도 모르고
왜 그렇게 쏘다녔던 거냐는 사람에게 말해주었다
결혼식 날 일어날 상황도 아니고 내일 아침 출근 중에 벌어지지도 않았고
일요일 저녁 따뜻한 밥 나눠먹고 돌아가다 맞닥뜨린 것이 다행이라고
지난주에는 다리를 깁스하고 오늘은 차가 퍼졌지만
내일 예기치 않은 우연이 목숨을 앗아갈지도 모르지만

우리에게 여전히 많은 다행이 아침노을처럼 찾아올 거라고

나팔꽃

– 한 자살자의 죽음을 애도하며

1.

봄비가 내리네 봄비가
검정 봉다리 둥둥 떠가네
봄비 맞으며
봄비 속에서

즐기자고
곧 도래할 새 하늘 새 땅 – 넘치는 세로토닌 –그 화엄 극치 속에서 손뼉치고 춤추자고

그러나 더는 참을 수 없어 고질화된 위락
빛과 환락의 사냥터에서 누구나 트로피 헌터로 살길 원하지만
기쁨은 순식간에 휘발되지 싱크 홀이 순식간에 아가리를 벌리듯
중독된 혈관에 구더기가 스멀스멀 기어 다니는 감

각도

하나의 복선이야 삼계는 모조리 허망하여 다만 마음이 지은 것이니까[1)]

밧줄 걸고
힘껏
발을 구르네

덜커덕!
바닥 열리는 소리

2.

가파른 골목길을 삼켜버리는 봄비
맨홀뚜껑 위로 흘러넘치는 봄비

우리에게 슬픔 일어나
만경창파 덮쳐올 때

우비도 없이
시든 줄기 악착같이 감고 오르는

나팔 꽃

1) 法喜. 당나라 선승

레알리

레알리 찾아가다 길을 잃었지
터진 감 주워 먹고 터벅터벅 입동 들어서던 유년
신작로 적시는 진눈깨비 사이로 부피를 더하던 땅거미
얼어터진 손가락 녹여줄 화톳불 간절했던
천로역정을 낱장으로 찢어 성냥 한 알로 어둠을 응시하면
먼 고장에서 들려오던 성탄 캐럴 송
그때로부터 모든 것 스쳐 지나온 지금까지 나는 이방인이다
연둣빛 지옥도 빛보다 밝아 오히려 눈이 멀 지경인
파란 천국도 마음이 빚어낸 신기루였으니
나는 신기루 따라 떠도는 배가본드
양떼 몰고 푸른 초장 덮치던 목자의 칼이 목을 겨누고 변절개종을 요구하기도 했으나
나의 신앙은 바람에 밀리는 구름
돋는 빗방울

철탑에 내리꽂히는 한 줄기 섬광
섬광에 모습을 드러내는 자정의 발기한 영혼
독 오른 영혼을 무장해제 시킨 블랙홀
I don't know how to love him[1] 웃으며 손 흔들고 떠나갔던 블랙홀
나의 신앙은 그러니까 사요나라
모가지를 탁![2] 쳐서 배양토에 꽂으면 새롭게 뿌리내리는 안녕
주님도 안녕 알라도 안녕 일체여래불들께서도 모쪼록 안녕
그런데 레알리?

---

1) Jesus Christ Superstar.
2) 90년대 초 황인숙의 시에서 인용. 당시 쓴 시 제목이 <그런데 정말?>이다. 전문은 아래와 같다. <레알리>는 그러니까 <그런데 정말?>의 최신 버전인 셈이다.

천세란 줄기를 자르지
가지런히 갯모래에 꽂아 놓는 거야
어둠 속에서 하얗게
뿌릴 내리는… 정말
내게 날 시퍼런 도끼가 있다면
내 모가지를 탁! 쳐서[1)]
배양토 속에 꽂고 싶어
하얗게 실핏줄이 뻗고
살이 덮이고
날개가 솟아난다면?
이히히… 나는
박쥐가 될 거야 어둠 속에서
당신을 찾아
초음파를 불쑥불쑥 쏘아대면서
날개를 퍼덕이는 거지
그런데 정말?

제 3부

에메랄드빛 바퀴벌레말벌의 생태에 관한 보고서

에메랄드빛 바퀴벌레말벌의 마지막 일격에 비명도 없이 혼절하는 세상입니다 에메랄드빛 바퀴벌레말벌이 실신한 세상을 끌고 지나갑니다 소스라친 풍경이 뒷걸음질칩니다 선부른 참견은 일신상에 해롭죠 에메랄드빛 바퀴벌레말벌은 외모에 버금가는 욕망으로 빛납니다 세상을 독식할 기대가 화염으로 타오릅니다 혼절했던 세상이 깨어나네요 꿈틀거리는 사지가 무척이나 뇌쇄적입니다 마른침을 삼키며 에메랄드빛 바퀴벌레말벌 뜨겁게 발기된 소외를 모든 세상의 기원[1] 속으로 밀어 · · · 넣습니다

따뜻하게 부풀어 오른 주름 속에서 깨어난 에메랄드빛 바퀴벌레말벌의 애새끼 소란스럽게 세상을 폭식하기 시작합니다 입술이 닿는 곳마다 접혔던 주름이 팽팽해지고 계절이 마구잡이로 꽃들을 토해냅니다 룰루랄라 없던 산맥이 허공에 활화산을 만들고 무아의 해일이 감각의 정수리를 넘실거립니다. 기적

의 극지방에는 뇌성이 연거푸 울고 적도에는 은총의 폭설이 길을 끊어놓는 그때 문득

포만감으로 번들거리는 얼굴이 쳐들리는 창 밖

누가 저 얼굴 모르시나요

---

1) 귀스타브 쿠르베의 그림

지극한 사랑

1

반 곱슬머리 은발이 눈부시다
가지런한 치열이 만드는 매력적인 미소 누군들 반하지 않으랴
브레이틀링 손목시계가 9분 전을 가리킨다
석양 등지고 그는 기다린다 여기까지 이어질 그녀의 동선
오피스텔 6인용 엘리베이터를 빠져나오고 있겠지
이차선 도로 적색 신호등에 묶인 차량들 사이를 무단횡단하겠지
종종걸음으로 스타벅스 앞을 통과하고
허물어지려는 담벼락 등나무 무성한 골목길 들어서겠지
그녀가 들어서는 골목은 그가 기다리는 골목과 한통속
어제처럼 자줏빛 백팩을 매고 있겠지 그제처럼

두툼한 쇼핑백 들고 있겠지 토사물 피하려다가
발걸음 꼬일 수도 있겠지 보도블록을 밟는 하이힐 소리
여덟 일곱 여섯 · · · 그녀는 알지 못하리라
그가 얼마나 그녀를 욕망하는지

그녀에게 바칠 헌사를 한 번 더 정리한다 유치하긴 하지만
원하는 걸 얻기 위해선 간살도 떠는 거야 천진난만하게
세상에 공짜가 어딨어

북극점 해저 깊이 4087미터까지 도망갔었어요
당신 손목의 맥박소리 폭풍처럼 나를 흔들고
당신 눈빛만 생각하면 내 존재가 아무것도 아니라는
생각에 사로잡히는데 어떻게 견딜 수 있겠어요
스쳐지나가는 사람인 줄 알았죠 처음엔

시간이 지날수록 낙죽처럼 낙관처럼
낙인처럼 당신이 뜨거워지는 거였어요 섬뜩했어요
사랑한 사람 있었어요 그 사람 죽었어요
내가 · · · 사랑하면 · · · (이 장면에서는 눈시울 붉히는 것도 좋겠군)
내가 사랑하는 사람에겐 불행이 닥쳐요
무서웠어요 당신이 죽을지도 모른단 생각에
도망쳤어요 안데스 산맥 넘고 혁명연합전선 반군들이
재미로 주민들의 손발을 자르는 시에라리온
피의 다이아몬드 밀림을 지나 세상 끝까지
그러나 도망칠수록 더 선명하게 그대 맥박소리
증폭되어 오고 당신 눈빛 눈 쌓인
융프라우요흐의 산정처럼 적막으로 환한데 결국
해저 4087미터 북극점의 해저 깊은 곳에서 깨달았죠
더는 도망 갈 곳이 없다는 것을

그래서 돌아왔어요 당신에게
내 사랑 때문에 당신이 죽는다면 나도 따라서 죽자
그런 심정으로 신이 내게 무슨 저주를 내린 걸까요
전생에 내가 무슨 죄를 지었다고

2

모닝커피 마시며 오늘의 운세를 읽는다
맞아도 그렇고 틀려도 그런 오늘의 운세
아침이면 습관처럼 마시는 커피 같은 오늘의 운세
오늘의 운세 안다고 해서 운명이 비껴갈 리 없는
오늘의 운세
게자리 태생인 그녀 오늘의 건강은 양호하고
사랑은 무지개고 돈 나갈 운과 더불어
귀인이 나타날 운세란다 방향은 동쪽
무지개 같은 사랑 보다 나타날 귀인보다

동해로 시집간 시누에게서 돈 빌려달라는
전화가 올지도 몰라 폐암 말기 아주버님 위독하다는 소식이
올 지도 몰라 미간을 좁히며 달달한 커피를 마시는데
재활용품 같은 차림으로
굿모닝? 오늘이 무리지어 들어온다
오늘의 운세에서 빠져나오는 그녀 펼쳐든 신문을 접고
종이컵 재활용 통에 던져 넣는다 슛~
빗나간다

낙하산 타고 들어온 이사한테 면박 당했다 결재 서류에 난 오타가 빌미였다 머리부터 발끝까지 훑더니 이죽거린다 그게 뭐냐고 그래서 남편에게 사랑받겠느냐고 다이어트라도 하란다 사장에게 직원들 후생비라도 챙겨주라고 해보시지요 개새끼! 라는 말

은 차마 못했다 불량 폭죽 같은 분노가 솟지만 어쩌라고 밥줄이 달린 일인데 박차고 나가 담배나 피울 수밖에 하다가

교통대란 환경오염 강력범죄 툭 하면 벌어지는 시위에 골머리를 앓는, 있을지도 모르는 화재 때문에 신도시 곳곳에 소방서를 건설해야 하는, 작은 예산으로 방만한 경영을 하다 결국 파산 직전까지 간 심시티[1)]로 출퇴근하는 남편의 심드렁한 말투 심드렁한 눈빛도 결국?

자괴감이 든다 이러려고 내가 직장생활을 하나

뱃살이 는 것은 사실이지만 운동할 시간이 없는 걸 어떡하라고

탄력 잃은 고무줄같이 늘어지는 오후가 짜증을 증폭시킨다

일은 더딘데 늘어나는 우편물

퇴근시간 십 분을 남겨놓고 업무를 마감한다
커다란 쇼핑백 들고 사무실 나선다 차도를 무단횡단하고
스타벅스 매장 옆으로 꺾어진다
비스듬히 기운 담벼락 위태로운 골목길 걸어 들어가며
태즈메이니아늑대의 눈빛을 가진 그를 떠올린다
사나흘 만에 안부를 물어오거나 문자 넣어주더니
삼 주째 감감무소식이다 그 새 다른 여자를 낚았을지도
몰라 능력 있고 순수한 그에게 버림받은 기분이다
쇠별꽃 같은 소름이 오소소 돋는다

3

늦은 시간 클럽에서 처음 만났다

호감형 외모 괜찮아 보였다 탐색의 눈빛이
사이키 조명 속에서 서로의 의중을 물었었지 오케이
스테이지에 나가 몸을 안았고 자연스럽게 하체를 밀착시켰던
두 번째 무대에서 팬티 속으로 손이 들어오는 바람에 멈칫했지만
더 이상의 진도는 없었다고 말하면 거짓말
아파트 아래 술집에서 두 번 더 만났다 심신이 지친 날
매니큐어 벗겨진 손가락을 상처처럼 어루만지던
바닥을 알 수 없는 눈빛이 얼굴 가까이 다가왔다
잉걸처럼 뜨겁던 입술에 그날 마음이 흔들렸던 건 사실이야
그곳은 남편의 단골 술집 테이블 밑은 유난히 어두웠어
그래서였을 거야 남편은 끝내 몰랐어
원래부터 무심했으니까 바보 멍청이

4

그는 생각한다 이것이 운명적인 만남이라고
불륜이 아니라 기적 같은 로맨스라고 그녀가 생각해주기를
불꽃으로 타오르다 죽어도 좋다고
YOLO(You Only Live Once)! 누선관을 자극하는
난폭한 희열에 몸부림치면서 덤벼들어주기를
톡소플라스마에 감염된 쥐처럼 마구 달려들어 주기를
지난 삼 주 동안 침묵을 지켰던 것은
애간장을 태우기 위해 의도된 전략
그는 안다 그녀가 곧 자신에게 먹히리라는 사실을
자신의 밥이 되리라는 사실을
그는 매력적인데다가 뛰어난 재능을 가졌고
치밀하되 비이성적인 생각은 안하고
남을 믿지 않는 것처럼 수치심을 모르고

병적일 정도로 자기중심적이고 세련되고
카리스마 반짝이면서도 어딘가 공허한 눈빛에
취한 듯 그녀의 마음이 끌려들 것이라는 것을
뱀파이어가 젊은 여인의 피를 탐닉하듯
오늘 밤 그는 유린할 것이다 가학적으로
피학적으로 거리낌 없이

1) 심시티 Simcity 미국의 Maxis사가 개발한 도시건설 시뮬레이션 게임

해탈

코딱지만 한 절간에 눈썹 하얀 스님이 있었다네
젊었을 때 주먹깨나 쓸 성 싶게 떡대 우람한데다
오른쪽 눈썹에서부터 귀 아래쪽으로 칼자국
영락없이 뒷골목 양아치 분위기 풍기는 불상놈인데
그래도 명색이 먹물 옷 걸친 처지라
마을 사람들 건달스님! 조폭스님! 살갑게 부르며 너나들이 했지
얼굴 찡그리거나 화를 내는 법도 없었지 포대화상처럼 낄낄거렸지
때로 막걸리 판 벌어진 참에 손짓해 부르거나
복날 개고기 삶는 자리 한 점 권하면 무애한 동작으로 엉덩이부터 들이밀었지
불콰하게 얼굴 붉어지면 염불 대신 질펀한 육두문자 섞인 육자배기 가락이
진도아리랑 장단으로 굽이치는데
우바새는 바지춤에서 까닥거리는 심벌처럼 어깨를 들썩이고

우바이는 남우세스럽다 흉보면서도 달아오르는 몸 들킬까봐 앞가슴 여미었지

그 절에 새로 들어온 공양주가 하나 있었더래 얼굴이 얽긴 했어도

노힐부득과 달달박박을 유혹하여 성불시킨 여인처럼 아름다웠는데

하루 이틀 대하다 보니 속정이 깊어지고 만 거라

전생의 업보 때문인지 스님만 떠올리면 몸에 불이 붙는데

타나 남은 동강이는 쓸 곳도 없다는 사랑노래가 꼭 지 처지만 같아

활활 타서 재조차 남기고 싶지 않더란 말이지

신시아 레넌의 잠옷을 입고 안녕! 인사했던 오노 요코처럼

순진한 척 일부러 방문을 열어놓은 열여섯 살의 앙투아네트처럼

타화자재천의 마라파순처럼

일이 이루어지려고 그랬는지 기근이 무르익어서 인지
햇살 좋은 날 오후 넌지시 엿보니 스님 모로 누워 와선 들었네
공양주 자신도 모르게 문설주를 타넘었더래
중생이 아파서 자신도 아픈 마음이 젖무덤을 먼저 움켜쥐었는지
색즉시공의 너나들이 없는 카르마가 바지춤으로 먼저 손을 뻗었는지는 알 수 없지만
뜨겁게 일을 치르는데 어디선가 잘 익은 감 하나가 철퍼덕
빗자루 지나간 마당에 떨어져 으깨지는 소리가 들렸다지
회가 동한 스님 하던 짓거리 멈추고 불알 덜렁거리며 문 밖으로 걸어 나갔다는데
달뜬 몸이 식은 지 한식경인데도 되돌아오는 기척이 없는 거라

공양주 앞가슴 가리고 빼꼼히 문 밖을 내다보았다네

스님은 오간데 없고 늙은 감나무만 주렁주렁 수많은 불-알을 매달고서는

삼매에 들어 서있었다지

세상천지 환하게 서있었다지

참, 그날 쪽 같이 푸른 하늘빛이라더니[1)]

---

1) 김원길 〈취운정 마담에게〉

알약

끓는 용암 속이라도 뛰어들고 싶어
한 소식 얻기 위해 까까머리 납자는 팔 잘라 붉은 동백 사방에 흩뜨렸고
구레나룻 무성한 유대인 족장은 외아들 목에 칼을 겨누었지 세상에
뭔가에 사로잡히지 않고는 미치지 못하는 것이 있어
남들이 헷가닥했다며 손가락 빙빙 돌리는데
그건 근접할 수 없는 아우라에 대한 질투일 뿐
나도 미칠 수 있을까? 사나운 개에게도 불성이 있다는데 말이지
일단 알약 하나를 구하는 거야
알약, 무스카린 빛 환상을 유발해
알약, 구토스런 평화를 흔들어
알약, 더러운 순수를 선사하지
알약, 우리가 증오하는 사이임을 증명해
알약, 그렇지만 살아가기 위해선 먹고 싸는 일이 무엇보다 중요해서

알약, 아차, 똥 누다가 그만 변기통에 빠뜨리고 말았네
알약, 미꾸라지처럼 정화조를 빠져나가는 게 보여
알약, 질퍽거리는 오늘을 통과하는 중이야
알약, 진실을 뿌리치면서
알약, 인생이 무엇인지 안다고 소리치고 있어
알약, 나의 모든 위대한
알약, 심연을 지나 푸른 해저에 닿았다가
알약, 지글거리며 다시 끓어오르는
알약, 저 싱싱한

아침 태양

카타콤, 노엘

1
레세르핀
모나콜린케이
엠피돈서방정 그리고
과도한 코르티솔 증가로 인한
쿠에타핀정 25mg

알약들
창백한 로고스의 차꼬들

2
귀머거리 주제에 포동포동 살까지 찐 신자유주의자
없는 게 없는, 또한
불결과 불쾌와 증오를 혐오하는 네오 사마리탄
주인의식이 유달리 강했던 어느 날
문득 이유도 없이 기분이 엿 같아져서는

신러다이트주의자인 아들의 아랫배를 사정없이 걷어찼다

(그러고 싶은 날이 있잖아 지배자의 힘을 과시하고 싶은!)

빛나던 구두코가 찌그러지도록 그리고는

견갑골이 뻐근해지도록 주먹을 휘둘렀다

주둥이가 뒤틀리고 흩어진 이빨들이 세상 밖으로 튀어나가고

피떡을 문 합죽이 된 독생자는 카타콤 깊은 곳에 감금되었다

(감히 아비의 권위에 도전하다니!)

세상은 두려워했지만 간지러운 입술은 어쩔 수 없었다

세상에 비밀이 없는 이유다 목련이 피기도 전에

아들을 팔아 정권을 유지하는 독재자라 쑥덕거리는 올빼미들 한 편에

다시 사셨다 증거하며 먹이를 쪼는 비둘기도 더러 있었지만

모를 일이지 세월만 꼬리 긴 뱀처럼 요르단 강물을 따라 흘러가네

실체도 없이

3

카타콤에서 갇혀서 그는 누대를 복무했네

코뿔소의 측은한 마음[1]을 가지고

늦게나마 소명을 깨달았던 거지

산딸나무 형틀에 십자로 못 박혀

거룩한 돈과 아름다운 기복의 화수분 되어

하지만 더는 버틸 수 없었지 악랄하도록 풍족한 세상

타임스퀘어 화려한 성탄나무 불빛아래서

독선과 편협과 인종청소에 열광했거든 사람들은

그는 절망했어 검은 구름처럼

침착하게 그는

손가락 총구를 관자놀이에 대고

탕,

4

포인세티아
피는
이벤트의 계절이 돌아왔네

사람들은 자꾸만 명랑해져서
노엘 노엘

뽑기 인형처럼 구겨져 잠든 사람들의 꿈을 방해하며
낡은 예언서의 찢겨나간 페이지를 들추는 바람이

성근 눈송이들이
색색의 알약들이

노엘
노엘

1) 코뿔소가 측은지심을 갖게 된 뒤/그는 얼마나 오래 버틸 수 있을까. 『질문의 책』. 파블로 네루다.

시를 쓰는 일

시를 쓰는 일은
네 모습을 바라보는 일
눈곱 낀 눈을 비비며
오늘이란 기적 속으로
들어오는 너를 반갑게 마중하는 일
날개를 접고 쌀을 안치고
더러운 개수대를 헹구다가
방구를 뀌는 너를
깔깔거리며 웃는 일
밥을 먹으면서 서로의 눈물로 다독이는 일

시를 쓰는 일은
일도 아닌 일

새벽녘 잠에서 깨어
인공 요도관 속 피오줌을 비우는
어떤 실루엣

인터뷰

부르짖을 때마다 힘이 들어갔습니다. 깍지 낀 손을 흔들 때도 그랬어요. 과했는지 회전근개 파열과 성대 결절이 왔습니다. 이런 낭패는 처음입니다. 세상이 뒤집힌 탓이지요. 최루탄과 물대포로 제압하던 시절은 두려운 것이 없었는데… 좋은 시절은 끝장났습니다. 명재경각, 풍전등촉의 절박함이 우리를 위태롭게 합니다. 듣도 보도 못한 다카다라니라는 빨갱이 진드기까지 나타나 우리를 조롱합니다.

금권정치결사비호대회에서 비급을 시전하다 허리를 다쳤습니다. 요추간판 탈출증. 석씨 생일 날 꼿꼿하게 서 있은 게 그 탓인데 온갖 인격살인을 감행하더군요. 불쾌했지만 참았습니다. 참고 또 참아야지요. 성질 급한 지도자가 수족들의 배신에 치를 떨다가 제 명을 재촉한 일이 동서고금에 한둘이겠습니까. 복수는 아무도 모르게 하는 겁니다. 얼마 전 수신재가의 방편으로 맹자를 읽었습니다. 여소음락 여중

음락 왈불약여중[1). 개소립니다. 주님은 말씀하십니다. 자녀의 떡을 취하여 개에게 던짐이 마땅치 아니하니라. 개새끼들에게 철없이 당한 전직 지도자들이 불쌍합니다. 측은지심이 일어요. 개새끼들을 믿어서는 안 됩니다. 살랑살랑 꼬리치다가 언제 이빨을 드러낼지 모르거든요. 분수 모르고 날뛰면 악랄하고 냉혹하게 그러나 은밀히 때려잡아야 합니다. 요즘은 거리마다 보는 눈이 너무 많아요. 떠돌이 개 한 마리 잘못 잡았다가 피똥을 싼 적도 있잖습니까.

일전에 선지자께서, 당신은 세 번째 이 나라의 위대한 지도자가 되실 겁니다 이러는데 눈물이 쏟아질 뻔했습니다. 사람들이 선지자를 배척하는 이유를 당최 모르겠어요. 하기야 어떤 시대든 선지자는 조롱당하고 거부당했지요. 팬티 이야기를 조금 하지요. 에덴동산에서 쫓겨나기 전 아담도 하와도 노팬티였습니다. 결국 팬티는 죄의 상징입니다. 선지자 말씀의 키포인트는 우리가 죄 없고 흠 없는 사람으로 다시 태어나자는, 죄로부터 벗어나 새로운 삶을 살자는 것입니다.

시뻘건 사상, 좌파 독재의 불길이 쓰나미처럼 우리를 덮쳐옵니다. 당신 눈에는 보이지 않나요? 세상을 파멸로 몰고 가려는 저 잔혹한 악마가? 결코 좌시해서는 안 됩니다. 당해서도 안 됩니다. 나는 우국충정의 일념으로 분골쇄신의 심정으로 주께서 소명하신 대로 구두끈을 질끈 고쳐 매고 여호수아가 약속의 땅 가나안 원주민들을 도륙 냈듯이 내게 능력주시는 자 안에서 우리를 집어삼키려는 저 악귀의 세력들을 단호히 척결 어, 여봐요, 아직 인터뷰 안 끝났… 뭐라고요? 트럼프가 월경[2]을 했다고요? 그가 남, 남장여귀였단 말입니까?

---

1) 與少飮樂 與衆飮樂 孰樂 曰不若與衆. 孟子 梁惠王章句 下에 나오는 曰與少樂樂 與衆樂樂 孰樂 曰不若與衆을 패러디 했다.

2) 트럼프, '깜짝 월경' 북한 땅 밟다. 2019.07.01. KBS 뉴스

빛을 향해 간다

빛을 향해 간다
흑갈색 룩색을 맨 약쟁이가
군납비리 똥배 나온 장군이
턱뼈 으스러뜨린 국가대표가

빛을 향해 간다
미사포를 쓴 로비스트가
옷 틈으로 드러난 속살 보는 순간 달아오른 교수가
동성애는 죄악 낙태는 살인 불신자는 지옥이라 외치는 고문기술자가
빛을 향해 간다 ML계열 투사였던 억대 급 강사가
KFC 할아버지 닮은 소아성애자가
황금 십자가를 목에 건 인종차별자가
창조경제로 주머니를 불린 파괴주의자가
키득거리며

트리코스트롱길루스는 귀뚜라미에게 잡아먹히기

만을 기다려요 기다리고 또 기다리는 지루한 생을 견디지 못해 사람은 자살도 하지만 트리코스트롱길루스는 모양선충 종족 보존이라는 지상 명령을 수행하기 위해 치명적인 교란물질을 분비하는 기생충일 뿐이죠 구원을 약속하는 세상의 모든 빛나고 고귀한 말씀들 뇌 속으로 침투한 트리코스트롱길루스는 귀뚜라미 눈을 마비시켜 밝은 곳을 찾아가게 만들죠 밤에는 별빛 윤슬로 반짝이는 물가가 그래도 밝아서

하늘 가는 밝은 길 내 앞에 있으니
믿는 사람들이 구호를 외치며
빛을 향해 간다

페티시 러브

빨강 가보시 힐 홀로 서 있네 인도에서
차도로 내려서네
날씨는 매섭고 눈은 내리지 않고
메마른 바람이 갈기 머리를 헝클어놓고 지나가네
뒤태 도도하던 빨강 가보시 힐 오늘은 대낮같이 밝은 밤
럭셔리하고 격조 있는 삶; 에르메스 버킨 백을 걸치고 차도를
비틀 비틀 걸어가네 위태롭게 걸어가네
빨강 가보시 힐은 너무 취했어
망명한 독재자에게 버림받은 애인처럼
권력의 절정에서 추락해버린 비애를 만끽하는 중인지도 몰라
세속에게 버림당한 살라피스트처럼
짓밟힌 존엄에 치를 떨면서 절망하면서 좌절하면서
가장 강렬하고 처절한 응징을 꿈꾸면서
빨강 가보시 힐을 발견한 건 사과나무 숲이 지척

인 오벨리스크 뒷골목

나는 궁극의 욕망 숭배자 드러난 강바닥처럼 끔찍한 건 없어[1)]

어깨를 부르르 떨며 시원하게 싸고는 매달린 한 방울마저 털다가 고개를 돌렸지 그때

전신을 훑고 지나가는 전율 마치 시들었던 페니스가 꼿꼿하게 서는 듯한

오오, 세상에 저토록 아름다운 빨강 가보시 힐이 있다니

눈이 번쩍 뜨여버렸네 해골 물을 달게 마셔버린 젊은 중처럼

이방인의 나라에 밀파된 스파이를 첫눈에 사랑해버린 원주민 창녀처럼

발정난 개 같이 달려들던 사내를 사정없이 후려갈긴 지독히도 못생긴 피학증 화가처럼

빨간 가보시 힐 흠모의 저 눈빛을 도저히 외면할 수 없네

어찌 머뭇거리랴 늠름하고 담대하게 나가네 날렵하고 은밀하게 다가가네

탐스런 사과 한 알로 반짝이는 빨강 가보시 힐

머릿결은 헝클어지고 콧물이 쏟아질 정도로 시퍼런 추위도 아랑곳 않는

빨강 가보시 힐 그 순결한 매력을 향해 나는 손을 뻗네

내 이빨이 목덜미에 닿는 순간 앙칼지게 사악해져버리는 빨강 가보시 힐

나는 지금 빨강 가보시 힐을 사랑하는 중이야

목이 메도록 난폭하게 뜯어먹는 중이야

그런데 왜 내, 내가 핏물을 뚝 뚝 흘리며 빨간 가보시 힐 속으로 사라지는 거지?

---

1) 욕망이 없다면 삶은 물이 말라버린 강바닥일 뿐이다 – Willy Pasini

밥 먹자

— 義에 대하여

애탕 먹으러 갔더니 트럼프가 솔레이마니를 폭살했다는 속보가 실시간으로 뜬다
의로운 사마리탄들의 방어적 선제공격!
누굴 핫바지로 아나 이것들이?

살인하지 말라던 계명이 그 형제를, 그 부모를, 무연한 이웃을 난자하게 도륙하듯이
날씬한 미사일이 고대의 우상유적지를 파괴하듯이
근본주의자가 무차별 살상을 일삼듯이
의, 그것은 어쨌든 힘이 있어야 가능한 일

그래서 의는 새벽종처럼 느닷없고
정의사회 구현처럼 도착적이고
녹조라떼로 착복도 할 수 있고
간절히 원하면
온 우주가 팔을 벌려 외로움에 찌든 당신을 Hug한다 도를 믿느냐며

끈질기게 따라붙는 삐끼처럼

철 잊은 개나리 만개했다 얼어붙는 엄동설한
간만에 애탕 먹으러 왔더니
수저통 놓인 사각의 링 위에서
성조기를 둘러 쓴 숭미비한崇美卑韓의 애국투사들
이 뜨겁게
혈투를 벌이고 있다 트럼프와 로하니
가운데 대갈통 더 큰 게 누구냐면서

애 끓는다
홍어 좆도

밥 먹자, 오래토록 굶주렸으니 배부르게[1)]

---

1) 마태복음 5장 6절

낡은 신발

신발을 잃어버렸다
백감독도 만나고 인디안 수니도 만나고
반가운 사람 손도 잡아 흔들고
초면인 사람과 통성명도 하고
삶과 죽음이 뒤섞인 자리
밤늦은 시간이지만 돌아가야 하는 처지라
여기저기서 권하는 술잔 마다하며
입술이나 축이다가 자정 근처에서 일어섰는데 신발이 없다

다리 아래 좁은 구멍에서 빠져나와
첫 발 떼기 시작할 때부터 만나고 헤어지기를 반복했던
지금은 몇 번째 인지 톺아볼 순 없지만
여기까지 나와 동행한 신발이여 나의 분신이여
사제를 함께 하자던 도반이여
때로 똥 밟은 자존심의 더러운 위안이여 네가

감쪽같이 사라지다니

어느 쓸쓸한 날 세상과 하직하기 위해 백척간두에 올라서는 사람도
신발을 가지런히 벗어놓은 후 한쪽 발부터 내민다는데
깊은 물속으로 몸을 던지는 사람도 열에 아홉은 그런다는데
호탕하게 웃고 있는 저이도 제 신발 가지런히 벗어놓고 영정 안에 들었을 것인데
미처 못 끝낸 이 세상 일 하나가 갑자기 발목을 잡아
헐레벌떡 남의 발 꿰어 차고 나간 것일까
사라진 신발 앞에서 전전긍긍하다 깨어나니 꿈이다

꿈속에서도 집착하는 우바새여
부정관을 주절거리는 악다구니여

애기똥풀 꽃
– 급수

애기똥풀 꽃은 독초다
애기똥풀 꽃은 노랗고
꺾으면 애기 똥 같이 노란 액이 나온다

애기똥풀 꽃을 보고 있노라면
똥에도 분명 급수가 있을 거 같다

화사한 봄날
봄동 겉절이로 점심 먹고 재활용 처리장 들어가는 길에 살살 아픈 배
철조망 녹슬어가는 유휴지에 들어가 은밀히 볼일 보는
내 똥은 몇 급일까 궁금해 물었더니

네 똥은 아직 안녕하시다며
무리지어 깔깔대는 애기똥풀 꽃

철대문

– 남는 밥이랑 김치가 있으면 저희 집 문 좀 두들겨 주세요[1].

철대문은 열리지 않는다 쌓인 우편물 위에 오래 굶주린 낮빛의 황사 또 내려앉는다 캄캄한 밤에도 별빛이 내리지 않는 철대문 어슬한 안개의 품을 빠져나온 햇살이 헐거운 틈을 파고든다 굳게 닫힌 철대문 며칠 날이 눅은 어제와 오늘이 통과 한다 햇살의 채도가 유난히 강한 시간의 틈에서 노란 꽃 핀다 날이 궂자 꽃들은 어깨를 잔뜩 움츠린다 먼지가 들썩이며 날아오르던 날 사이렌 도착한다 하얀 시트 덮인 들것이 철대문 빠져나와 햇살 엎질러진 세상을 건너간다 미처 수습하지 못한 혐오가 역병처럼 맴돈다 칙칙하게 빛을 잃어가도 세상은 여전히 탐욕스럽고 저녁바람이 까치발 들고 끼어든다. 굳게 닫힌 철대문 흔들며 노랗게 절규하는 고들빼기 꽃

1) 최고은

퍼걸러 등꽃 궁륭

내 운동화는 나이키 에어맥스 97 나는 이것을 한 종합신발매장에서 샀는데 그곳은

없는 거 빼고 모든 신발이 다 있다 모조리 진짜 같은 짝퉁. 짝퉁인데 진짜라서 값까지 착한 그곳에서

나는 나이키 에어맥스 97 흰색 운동화를 신고 휘파람 불며 날건달로 서 있었는데

마돈나, 마돈나? 오오 그래 발랑 까진 마돈나가 내 어깨를 먼저 탁, 쳤다(내가 어떻게 감히 그녀를 먼저 칠 수 있겠어). 발랄한 미소를 짓는 마돈나. 그렇게 우리는 조우해서

잔설 얼어붙은 삼보불교용품점 앞 백팔염주 목에 걸고 불륜佛輪스럽게 웃는 부처님의 가피를 받으며 불륜不倫스럽게 팔짱을 끼고 붉은 조명 깔린 이른 봄

의 미로를 통과하는 중이었는데

나무들이 일제히 꽃을 피우기 시작한다. 병사들의 의무가 휘파람 불며 행진하는 것처럼 페르몬에 취한 벌 나비 떼들 앵앵거리고 꽃향기에 취하고픈 유모차며 자가용들이 윤중로 가득 매우는 화엄세상 부화뇌동한 장기 달셋방이 세븐스트릿 파티룸으로 개종되는 와중에

나이키 에어맥스 97이 짝퉁인 걸 눈치 챈 마돈나 독이 올라 나를 떠났네. 개전의 정도 없이 그 계절에 발정 난 고양이 울음소리는 왜 그리도 날카롭던지 하긴 어느 고장에서는 칠월에 폭설이 퍼붓고

나는 뒤축 닳은 나이키 에어맥스 97 운동화 신고 퍼걸러 지붕 위에 걸터앉아 비바람에 밤새 흔들렸네 기적처럼 이른 아침 장마가 범람하고 무지개 뜨고

누가 사랑에 취해 뛰어들었나. 퍼걸러 등꽃 궁륭에 운동화 한 짝 걸려 있네

삶과 죽음의 틈새에 핀 꽃

최준(시인)

바깥으로 걸어 나갔던 사회인이었다가, 집으로 돌아와 밥을 먹는 자아였다가, 실내와 길거리의 간극에서 지워졌던 '너'를 채굴해 보다가, 종래에는 다시 '우리' 속으로 스며든다. 이따금씩 현실 너머를 기웃거려 보기도 하고, 그 너머를 이끌어 와 현실과 용접해 보기도 한다. 시절을 떠난 무쇠 꽃 한 송이 피어난 꿈속에서 잃어버린 낡은 신발을 찾아 헤맨다. 죽지 않은 '존재'가 죽음을 넌지시 바라보기도 한다.

심종록 시인의 세 번째 시집 『신몽유도원도』는 서정과 서사의 정체성을 동시에 생각해보게 한다. 꿈과 현실은 분명 다른 세계인데, 시인의 이야기를 귀 기울여 듣다 보면 '우리'가 살아가는 세계와 '내'가 하나의 스크린에 오버랩 된다. 그렇다고 나와 세계를 간별하는 캡처가 아예 불가능한 건 아니다. 주의해야 할 점은 '핸드드릴이 아닌 망치와 못질로 지은 한 채의 집에 대한 내력을 어떻게 읽어내야 하는가?'이다.

시집은 "기우는 햇발 동쪽으로 긴 그림자 끌며 설핏해지는데/황혼으로 쌓이는 소실점 앞에 선 사람이라서, 차마 사람이어서 세상을 지워버리지 못합니다(「사랑 노래」)라는 자기고백적인 선언으로 시작된다. 세상 속의 나이면서, 세상과 더불어 소멸해가는 숙명으로부터 벗어나지 못한다는 자각은, 그러므로 시인의 시의 출발점이자 역설적으로 시인이 세상을 사랑할 수밖에 없는 이유이기도 하다.

나와 동시에 소멸해가는 '당신'도 의당 그 사랑의 대상이다. 운명공동체 속의 나는 분명 거기에 들어 있으나 주체가 아니고, 나를 말하지만 내가 아니다.

나는 누구이며 너는 또 누구인지, 삶이라는 틀 안에 가두어진 우리의 운명은 어디로 흘러가는지, 오늘은 또 어떻게 오는 것인지, 시인은 자신과 세계를 시로 확인하고 자각하고자 한다.

시를 쓰는 일은
네 모습을 바라보는 일
눈곱 낀 눈을 비비며
오늘이란 기적 속으로
들어오는 너를 반갑게 마중하는 일
날개를 접고 쌀을 안치고
더러운 개수대를 헹구다가
방구를 뀌는 너를
깔깔거리며 웃는 일
밥을 먹으면서 서로의 눈물로 다독이는 일

시를 쓰는 일은
일도 아닌 일

새벽녘 잠에서 깨어
인공 요도관 속 피오줌을 비우는

어떤 실루엣

—「시를 쓰는 일」 전문

살아 있는 모든 생명체는 움직인다. 존재는 행위의 주체이자 움직임으로써 자신의 정체성을 확인한다. 시인은 시를 쓰는 자신을 "새벽녘 잠에서 깨어/인공 요도관 속 피오줌을 비우는/어떤 실루엣"이라고 비유적으로 말한다. "시를 쓰는" "일도 아닌 일"을 "피오줌을 비우는" 행위로 묘사한다. "피오줌"은 고뇌와 고통의 결과물. 진액인 엑기스일 수도 있고 찌꺼기일 수도 있다. 그러니까 "실루엣"은 내 것이 아닐 수도 있다. 시를 쓰는 "실루엣"인 나를 바라보는 나?

시인은 명사보다 동사에 한결 더 매력을 느끼고 있는 듯하다. 명사가 돌멩이라면 동사는 고양이. 정체와 움직임 사이의 거리다. 사유 자체보다 사유의 결과물인 행위에 무게를 더 둔 결과다. 이는 시의 첫 연에서 어렵지 않게 확인할 수 있다. 곧 "시를 쓰는 일"은 바라보는 것이고, 마중하는 것이고, 쌀을 안치고, 개수대를 헹구고, 웃고, 밥을 먹고, 다독이는 것이라 한다. 간단히 말하면 삶의 일상에서 이루어지는 모든 행위들이다. 무엇이 중대하고 무엇이 사소한 것인가가 중요한 게 아니다. 이러한 시인의 의식, 혹은 시관은 시집 전체에 걸쳐 정직하게 드러나 있다. 배짱과 자신감은 시인에게 "시를 쓰는 일"은 "밥을 먹으면서 서로의 눈물로 다독이는 일"이다. 시집 속에서 매우 다의적인 의미로 읽히는 "밥"은 시인의 시집을 감상하는 메인 키워드다.

밥을 먹는 행위는 살아 있다는, 살아야 한다는 자기 확인에의 의지에 다름 아니다. 시인에게 생존의 의미는 삶의 근본으로부터 출발한다. 그 시발점이 '너'라면 나는 지향의 대상이자 바라보아야 할 목적지다. 시인의 시는 자신을 말하고 있으나 자기고백적인 서사가 아니다. 동일체의 감성을 말하면서도 다름을 거듭 확인한다. 이는 타자에게 베푸는 인지상정의 이해와 용서와는 전혀 다른 차원의 것이다. 내 어머니가 어찌 당신의 어머니가 될 수 있는가. 우리는 하나이면서도 저마다라는 인식은 시인이 우리 사회를 바라보는 관계망의 근저가 된다.

애탕 먹으러 갔더니 트럼프가 솔레이마니를 폭살했
다는 속보가 실시간으로 뜬다

의로운 사마리탄들의 방어적 선제공격!
누굴 핫바지로 아나 이것들이?

살인하지 말라던 계명이 그 형제를, 그 부모를, 무연한 이웃을 난자하게 도륙하듯이
날씬한 미사일이 고대의 우상유적지를 파괴하듯이
근본주의자가 무차별 살상을 일삼듯이
의, 그것은 어쨌든 힘이 있어야 가능한 일

그래서 의는 새벽종처럼 느닷없고
정의사회 구현처럼 도착적이고
녹조라떼로 착복도 할 수 있고
간절히 원하면
온 우주가 팔을 벌려 외로움에 찌든 당신을 Hug한다 도를 믿느냐며
끈질기게 따라붙는 삐끼처럼

철 잊은 개나리 만개했다 얼어붙는 엄동설한
간만에 애탕 먹으러 왔더니
수저통 놓인 사각의 링 위에서
성조기를 둘러 쓴 숭미비한崇美卑韓의 애국투사들이

뜨겁게

혈투를 벌이고 있다 트럼프와 로하니

가운데 대갈통 더 큰 게 누구냐면서

애 끓는다

홍어 좆도

밥 먹자, 오래토록 굶주렸으니 배부르게[1)]

－「밥 먹자－義에 대하여」 전문

힘없어 의義도 행하지 못하는 약자여서일까. 시인은 사회현실에 대한 고발자나 대변자가 아니지만 통쾌하다. 시인의 말대로 어쩌면 우리가 살아가는 세상은 밥그릇 싸움의 연속이었던 듯도 싶다. 시인이 세계를 인식하는 방식은 크고 위대한 것이 아닌 사소한 일상 속에 들어 있다. 일상이 이어지고 덧대어져 한 사람의 인생이 된다는 건 누구나 알고 산다.

마태복음 5장 6절

밥 한 끼니를 해결하려고 식당에 들어선 사람이 나라와 나라 간의 이해관계를 어찌 온전히 이해할 수 있겠나. 의를 내세워 악을 징벌하고 '정의를 구현하다'는 명분은 시인에게 그다지 설득력을 주지 못한다. 홍어 애탕을 먹는 것과 인간과 인간이 서로를 죽고 죽이는 일은 결국은 다른 게 아니다. 생존은 경쟁적이고 필사적이지만 시인이 인식하고 있는 "의"는 곧 물리적인 힘을 가진 자의 횡포에 다름 아니다. 이 부조리한 현실을 시인은 외면하지 않는다. "애 끓는" 마음으로 분노와 안타까움이 뒤섞인 심정을 단적으로 토로한다. 양심과 정의는 시인이 최소한으로, 또는 최종적으로 말하려는 주제에 해당한다. 연민을 가진 주체가 타자에게 느낄 수 있는 게 이것 말고 과연 무엇이 있을까.

종래의 방식과는 다른 시인의 표현은 주목을 요한다. 불의와 부조리에 대한 항의나 항거의 방식에는 자신의 삶이 들어 있다. 사회 비판적인 시들은 대부분 마치 의당 그래야만 한다는 것처럼 화자를 정의 편에 세운다. 그런데 시인의 시 속 화자는 응시자가 아닌 자신의 삶을 끌어다 대상과 겹친다. 오버랩의 방식으로 주제를 이끌어내는 방법은 분명 종래의 방법론과는 차이를 둔다.

생존이라는 근본 명제인 "밥"으로부터 출발한 세상을 향한 시인의 사랑은 절대성이 아니라 상대성이다. 왜인가?

강 건너 언덕에도 피자가게가 있다면 취직해서
피자를 구우리라 피자가게는
하릴없는 날갯짓의 천사와 눈빛이
살아있는 약쟁이들이 바삐 오가는
위험한 뒷골목이어도 좋아라
당신의 눈빛에 따라 토핑한 피자도우
가스오븐에 넣고 익기를 기다리리라
치정의 인질극을 즐기리라 변심한 애인의 목에
칼을 대고 테이블을 부수고 유리창을 깨고
고래고래 쉰내가 나도록 절규하는 당신
쓸쓸하고 황폐한 사월의 치정을 지켜보리라

좀 더 잘 보이라고 일제히 등을 내거는 꽃나무들

－「신몽유도원도」 전문

몽유도원도라 했지만 시인이 그려내고 있는 세상의 "뒷골목"은 마냥 행복하기만 한 꿈속의 이상향은 아니다. 마치 음습하고 어두운 풍경을 그려내는 영화의 한 장면을 대하는 듯한 느낌이다. 우리가 꿈꾸는 몽유도원은 사랑이 넘치고 불행이란 도무지 없는, 오직 행복으로 충만한 세계가 아니었던가. 그러니 시인의 「신몽유도원도」에서의 "신"은 곧 현실을 그려낸 사실적인 풍경화와도 같다고 할 수 있다.

"천사와" "약쟁이들"로 표상되는 "위험한 뒷골목"은 '유곽'을 연상하게 한다. 화자는 "피자가게"에서 "변심한 애인의 목에/칼을 대고" "절규하는 당신이 벌이는" "쓸쓸하고 황폐한 사월의 치정을 지켜보리라"는 방관자적인 입장을 보인다. 우리가 살아가는 거리에서 실제로 일어날 수 있는 매우 사실적인 1연의 전개는 그러나 단행으로 이루어진 2연에 이르러 극적인 반전을 드러낸다.

"좀 더 잘 보이라고 일제히 등을 내거는 꽃나무들"에 이르면 '아하!' 감탄하며 무릎을 '탁!' 치지 않을 수 없다. 1연이 온전히 은유였다는 걸 알게 된 순간, 시인의 의도가 마침내 들키는 순간, 속았다는 생각보다 절묘하다는 감탄을 절로 하게 된다. 이 매혹적인 한 편의 시가 시인의 기획에 의한 것이었음을, 다시 말하면 "피자가게"의 "피자"를 동사로 이해할 수도 있다는 시의 묘미에 저도 모르게 빠져들게 된다.

이와 같은 비유는 시인의 시집 도처에 보석처럼 박혀 반짝거린다. 가령, "먼지가 들썩이며 날아오르던 날 사이렌 도착한다 하얀 시트 덮인 들것이 철대문 빠져나와 햇살 엎질러진 세상을 건너간다 미처 수습하지 못한 혐오가 역병처럼 맴돈다 칙칙하게 빛을 잃어가도 세상은 여전히 탐욕스럽고 저녁바람이 까치발 들고 끼어든다 굳게 닫힌 철대문 흔들며 노랗게 절규하는 고들빼기 꽃"(「철대문」)처럼 죽음과 연관된 타자의 비극을 말할 때조차도 화자는 냉정을 잃지 않는다. 과도한 감정을 드러내는 대신에 "철대문 흔들며 노랗게 절규하는 고들빼기 꽃"으로 갈무리한다. 시 「나팔꽃」은 목을 매고 죽어간 한 자살자를 위한 레퀴엠이다.

이처럼 시인은 무작정 껴안기 방식의 긍정과 감상적이고 세속적인 사랑을 노래하지 않는다. 우리를 불행하고 불편하게 하는 부정과 부조리에 눈길을 준다. 그 눈빛은 부정을 말하지만 부정이 아니고 절망을 말하지만 절망이 아니다.

시인은 세상이 코스모스보다 카오스에 한결 더 가깝다고 여기고 있는 듯하다. 시인의 시를 감상하다 보면 삶을 바라보는 시인의 마음이 이해가 된다. 인류의 시간을 거슬러 시원까지 되걸어가 보아도 단 한 순간 한 세대도 질서를 완성하고 희망을 온전히 이루었던 적이 없었다.

인간이라는 존재의 속성상 시인도 그 불가능에 대해 절감하고 있는지도 모른다. 그러니 섣부른 계몽은 오히려 더 위험하다고 생각하는 것일까. 왼편과 오른편을 동시에 바라보는 시인의 시각은 보이는 것들을 내면화한다. 시인의 시 행간에서 끝끝내 포기할 수 없는 희망을 발견한다.

"밥"과 "꽃"의 의미는 시인의 시집 속 시편들에 잘 버무린 양념처럼 두루 배어들어 있다. "밥"이 '먹는다'와 연결될 때, 그리고 "꽃"이 '핀다'로 이어질 때, 우리 삶이 어떤 은유로 태어날 수 있는가를 시인의 시들이 명징하게 보여주고 있다. 시에서 드러나는 시인의 인생철학을 빌면, 행복과 불행은 자웅동체다. 시인은 절망과 불행을 말하지만 결국은 희망과 행복 쪽에 저울추 하나를 더 얹는다.

그제는 축하 자리에 다녀왔고
어제는 지인의 상가에 들렀다
날 받아놓고 부정 탈지도 모른다며 말렸지만 듣지 않았다
집에 온 아이와 저녁을 먹고 와선에 들었다
흔들어 깨어보니 돌아가다가 차가 퍼졌다고
날 받아놓고 다리 다치더니 이번엔 엔진이 터져버렸다고
당신 때문에 부정 탄 거 아니냐며 남의 속도 모르고
왜 그렇게 쏘다녔던 거냐는 사람에게 말해주었다
결혼식 날 일어날 상황도 아니고 내일 아침 출근 중에 벌어지지도 않았고
일요일 저녁 따뜻한 밥 나눠먹고 돌아가다 맞닥뜨린 것이 다행이라고
지난주에는 다리를 깁스하고 오늘은 차가 퍼졌지만
내일 예기치 않은 우연이 목숨을 앗아갈지도 모르지만
우리에게 여전히 많은 다행이 아침노을처럼 찾아올 거라고

—「아침노을」 전문

삶이가 그렇다. 이런 저런 관계망 속에서 서로 축하할 일도 있고 슬퍼할 일도 있다. 시집 속 시인의 상상력은 매우 사실적이다. 곡괭이로 화석연료를 캐내는 육체노동자처럼 우리가 겪을 수 있는 것들에서 의미를 캐낸다. 그리고 그 의미들은 다시 우리 삶과 중첩되어 시인에게 "여전히 많은 다행이 아침노을처럼 찾아올 거라"는 기대 섞인 희망을 노래하게 한다.

시인의 시를 읽다보면 아이러니하게도 생의 불행을 거듭 확인하게 되면서도 그렇다고 절망하게 되지는 않는 묘한 상황에 빠져들게 된다. 이게 삶의 본질이 아닌가. 오늘을 기대하며 아침을 맞는 노릇은 분명 "내일 예기치 않은 우연이 목숨을 앗아갈지도 모르지만" 살아있으니 살아야 한다는 자발적인 의지의 산물에 다름 아니다.

『신몽유도원도』가 보여주는 세계에 많은 눈길들이 다가들어 오래 머물기를 기대한다.

한결시집 011

신몽유도원도

초판 1쇄 인쇄 2020년 09월 10일

초판 1쇄 발행 2020년 09월 18일

지은이_심종록

펴낸이_박성호

편집디자인_도서출판 한결

표지디자인_박성호

펴낸곳_도서출판 한결

등록번호_제198호

등록일자_2006년 9월 15일

강원도 춘천시 공지로 121-1(석사동 310-5 삼원빌딩)

대표전화_033_241_1740 팩스_033_241_1741

전자우편_eunsongp@hanmail.net

ISBN_ 978-89-92044-49 3 03810

이 도서의 국립중앙도서관 출판예정도서목록(CIP)은 서지정보유통지원시스템 홈페이지(http://seoji.nl.go.kr)와 국가자료종합목록 구축시스템(http://kolis-net.nl.go.kr)에서 이용하실 수 있습니다. (CIP제어번호 : CIP2020035776)